【自序】

不凋花與能言鳥

詩人林世仁說：「寫童詩是我最輕鬆、愉悅的『腦力活動』。」很顯然的，寫童詩對他來說，是一件非常快樂的事。

可是當我讀到楊喚說的「當詩的賦有『魔性』的花朵在筆下綻開了的時候，你必須『輸血』來灌溉它，以『肉』來培植它。」時，我迷惑了，對楊喚而言，寫詩必須「以血灌溉，用肉培植。」顯然是一件痛苦不堪的事。

那麼，寫詩到底是快樂還是痛苦？

一直要等到寫了很久很多的詩以後，我才終於明白，寫詩，根本就是既痛苦又快樂的事，常常是痛苦中有快樂，快樂中有痛苦。

那，痛苦又快樂寫出來的詩，內容是什麼？成份有哪些？

英國詩人法夐說：

什麼是詩？誰知道。

它像玫瑰香，可並不是那玫瑰；

像亮光，可並不是那天空；

像翅膀閃光，可並不是那翅膀；

像海濤聲，可並不是那海浪；

它使你看到、聽到、感覺到，

一些東西。

它究竟是什麼東西？

誰知道。

美國大詩人佛洛斯特說：「讀起來很愉快，讀過以後讓人變聰明的，就叫做詩。」

林良爺爺則是說：「詩可以美化我們的心靈，可以使我們的情感趨向真摯，可以使我們知道人生的情趣，可以讓我們知道人生的美。」

綜合他們三位的說法，詩是一種心的感覺，一種經由外在和內在事物所引起的真摯情感。詩，要用感情寫，也可以用想像力寫，或者將想像力和感情綁在一起，痛痛快快的寫。

想像力讓我們的思考像一隻脫韁的野馬，奔馳在寬闊無際的詩歌草原；感情則是一杯裝滿酸甜苦辣的醇酒，讓我們醉在生命的海洋。

以前我是一位電信工程師，從事科技工作；現在我是兒童文學作者，創作文藝作品。在我還是電信工程師時，前十九年我做衛星通信，後十一年我做國際傳輸和國際海纜通信。

因為從事衛星通信工作的緣故，我發現我們衛星通信的祖師爺，竟然是一位作家，他是二十世紀全球三大科幻作家之一，大名鼎鼎的亞瑟·查理斯·克拉克先生，《2001太空漫遊》就是他的傑作。

多麼奇妙的一件事啊！

原來，科學和文學是相通的，不是風馬牛不相及的。科學和文學之間，有一條渠道互相通著，有時候科學流過來，有時候文學流過去。因為擁有這層特殊關係，不僅使我獲得生活和工作的技能，更重要的是使我獲得天文科學的思想、精神和態度，最終獲得非與生俱來的天文眼界，我的作品，尤其是童詩，開始有了「天眼通」。

「詩是不凋的花朵，必須植根於生活的土壤裡；詩是一隻能言鳥，要能唱出永遠活在人們心底的聲音。」我寫童詩，學習用科學的眼睛，以童心及純真的淺語，重新說出對這個世界的情愛，和對整個宇宙的關懷，希望能讓大小朋友，對生命和生活，有更多的瞻望和鼓舞。

《星星出來了》是我的第四本詩歌集，全書四卷含序曲及尾曲共四十二首詩，是從幾百首詩中選出來的，都是透過想像力釋放，經由情感蒸餾，歷經數十載才寫成的，它們各有各的不同面貌，各有各的生命光彩。

最後，這本詩集得以出版，首先要感謝歷年來採用發表的兩岸編輯們，謝謝她們的鼓勵和青睞；其次要感謝幼獅出版社的林總編輯和編輯團隊，因為她們的巧思妙計，《星星出來了》才能有如此豐盈曼妙的身影。希望大家在讀了《星星出來了》之後，都能發覺「詩是文字的光」，發現「童年是一罈美酒」，像作者一樣，努力開採出自己心底的翡翠和鑽石，閃亮出各自的耀眼光芒。

最後，我要把這本詩集獻給爸爸和媽媽，他們已升空化為星星，但是我知道，每晚他們都會來看望他們人間的子女。

目錄

2 影子不知道

序曲

送一首詩給……

我喜歡寫詩，管他好不好
有許多讀者喜歡我的詩
寫給太陽的詩讓他每天雄赳糾
寫給月亮的詩讓她每晚喜孜孜
風兒讀了我的詩，身體輕飄飄
漣漪讀了我的詩，聲音細密密
我和颱風一起呼喊長嘯

也和地震一起轟隆作怪
山巒穿上了紅衣裳
櫻花樹脫光了衣服
都是我的詩

我喜歡送詩給朋友
送給風中迴旋的燕子
送給晚上出勤的蝙蝠
天上的星星不需要我的詩
她們自己就是詩

我的詩送給小花和小草
　送給蝴蝶和蜻蜓
金龜子和小螞蟻
都是我的好朋友

我喜歡寫詩
每天寫每天寫，希望
把泥土香寫進大人的胸膛
把布滿戰塵的屋瓦
化成美妙的詩句

我喜歡空中充滿歡笑
瀰漫詩歌

我喜歡送詩給看不見的東西
一點點感動，一陣陣鼻酸
我喜歡和精靈一起
吟唱尋覓
人間的甘甜和美麗

1 我身體裡的妖魔鬼怪

彈珠寶貝

小時候不知道
眼淚是珍珠
動不動
拿出來玩，像彈珠
彈爸爸，彈媽媽

長大以後
滾過了洞酸酸
入口了坑甜甜

嚐過了孔苦苦、窪辣辣
才知道眼淚是寶貝
通通鎖起來
珍珠，不是彈珠

★星星小語

小兔死了，我們傷心；小貓瞎了，我們痛苦；小狗跛了，我們流眼淚；媽媽數落幾聲，我們就淚流滿面……

為什麼小時候我們動不動就掉眼淚，長大了反而不再隨隨便便流淚？

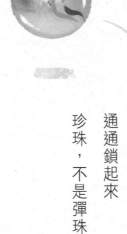

好險

日光燈魚
看著美麗的鬥魚
在魚罐裡
轉過來，轉過去
罐子裡的鬥魚
看著日光燈魚
在魚缸裡
游去游來，游來游去

看著日光燈魚和鬥魚
想著自己
好險好險
我的天地又大又自由

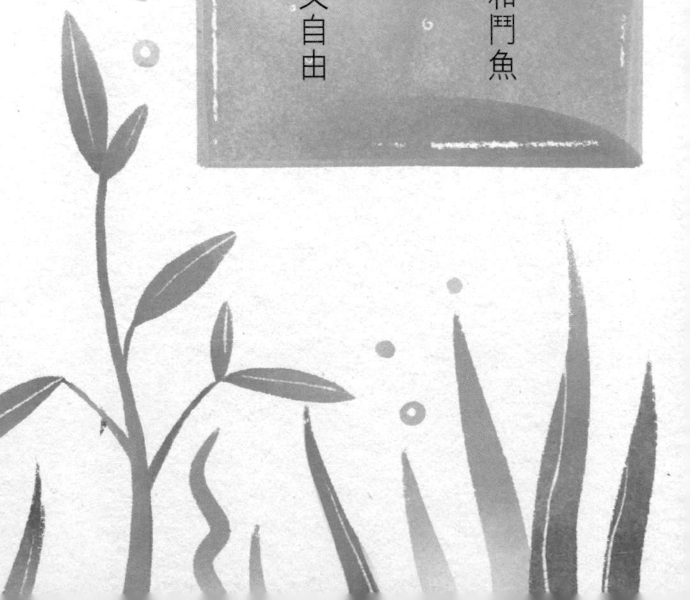

★星星想一想

日光燈魚說：「鬥魚沒什麼了不起，跟我一樣。」鬥魚說：「日光燈魚跟我一樣，沒什麼了不起。」小朋友說：「我跟你們不一樣，我才了不起！」

可是可是，人類的文明發展已經幾千年了，至今仍然無法離開地球，地球，是不是也是一個超大的魚缸啊？

寵物

我的貓兒喜歡我
蹭著我依偎著我
我也喜歡牠
叫牠來就來，跳就跳
牠懂我的話
牠是我的寵物

有一天
來了鄰居的花花
也想親親蹭蹭我
我的貓
和牠狠狠打了一架
我的貓對我說
你不能喜歡花花

再一次
牠跳到我的身上蹭來蹭去
離開時還撒了一大泡尿兒

我以為牠是我的寵物
屬於我
原來我才是牠的寵物
屬於牠

★星星抗議

我的貓說：「我是你的主人，不可以見異思遷。」
我說：「我才是主人，不可以在主人身上撒尿。」

我的祕密基地

噓！不要出聲
媽媽永遠找不到我們
讓棉被裡的一點點微光
把一頁頁的漫畫點亮
幫助超人快快打趴魔鬼章
躲在樹上，不是為了聽蟬叫
牠唱得好單調啊！白天躲到晚上

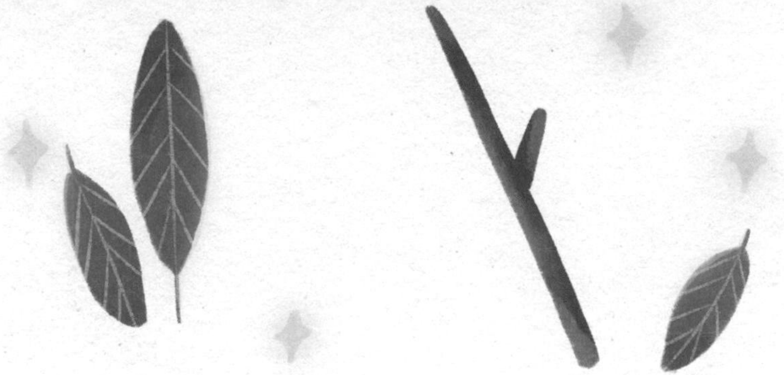

抬頭繁星萬點，夜空閃閃爍爍
一艘星空艦出發了，指揮棒緊緊握住
哈哈！我是一名太空艦長
樹枝也能當權杖

防空洞可以躲久一點，不過
也許瞞不過爸爸，遲早他會找到
我躲的地方其實是他的童年
小孩時的爸爸和我都有相同的幻想
槍伸出去，準星瞄準，砰砰砰
把敵人一掃而光

最擔心的地方是桌子下
也是最安全的地方
大人們只會顧著説話和假笑
好險啊！
偶然掃過的毛腳怪沒擊中
我和妹妹戴在頭上的
鍋蓋皇冠

★星星想不通

真討厭，為什麼我的祕密基地大人都知道，每次都被找到？

我一定要創造出一個永遠不會被找到的祕密基地，二十三世紀的新基地。

咚咚鏘，今晚我們演戲

枕頭馬騎在胯下，棉被山堆在床上
毛巾浪一波一波，衣褲散滿床
爸媽不在家，今晚演戲忙
妹妹是移山倒海樊梨花
我是英雄薛丁山
美人英雄，仙術魔法，大戰一場
什麼！沒寶劍、無刀也無槍
哎呀！真沒想像，雞毛撢可以當令箭

也可以當長槍；咻！咻！咻！甩飛出去
還可以是穿雲神箭，百步穿楊
哎，哎，哎，說了半天都不懂，我看
還是我演聰明樊梨花
妳當笨笨的木頭，薛丁山

快！快！快！棉被放回櫃子裡
爸爸的枕頭，左邊擺好，媽媽的，右邊放
我們的，哎呀，來不急了，先藏在床底下
「姐姐，姐姐，還有毛巾一堆怎麼辦？」
「不會也丟床下嗎？妳真笨。」

呼呼呼，收拾善後，比打戰還喘
還緊張

媽媽，媽媽，先別生氣
不然，樊梨花換妳演；爸爸很鈍
讓他當薛丁山
妹妹可以當妳的小丫頭
我嘛，犧牲一下當妳的師父
梨山老母法術強

★星星回憶

小時候我們都喜愛演戲，大毛巾可以當披肩，也可以當戰袍；媽媽的高跟鞋穿在腳上叩叩響，赤兔馬前後飛奔，飛機飛來飛去，演戲真好玩——

咚咚咚，來演戲，我抹粉，你畫鼻，我騎馬，你爬地；雞毛撢，甩兩下，嘿嘿嘿，咻咻咻，好馬兒，跳過去。

今天我們登陸

前進！前進！全速前進，
目標已在前方，
第二顆地球在望，人類的
新家鄉。

流浪百年了，地球家鄉還好嗎？
少了人類的摧殘，百病叢生、
被遺棄的地球會痊癒嗎？
綠樹和小草、螃蟹和魚蝦、
蜜蜂和蝴蝶，會回來嗎？

注意！注意！登陸準備，
新地球即將到達，準備探勘。

呃！爸爸，
請你不要奪走我的探測槍，
少了傘我沒辦法偵測河川；

啊！媽媽，
妳也不要取走我的呼吸器，
全罩式蛙鏡才能讓我活下去。

爸爸媽媽放心吧！
我們是新時代的少年太空隊，
懂得小心保護
美麗的新天地。

看哪！眼前是一片寬闊的平野，
天空浮著大月亮，燈泡
一閃一閃，月暈不見了，
欸！奶奶，奶奶，拜託妳
別關燈，
登陸不是睡覺。

★星星抗議

真討厭啊！為什麼每次登陸都功敗垂成？奶奶，奶奶，都二十一世紀了，睡覺不重要，成功登陸比較重要。

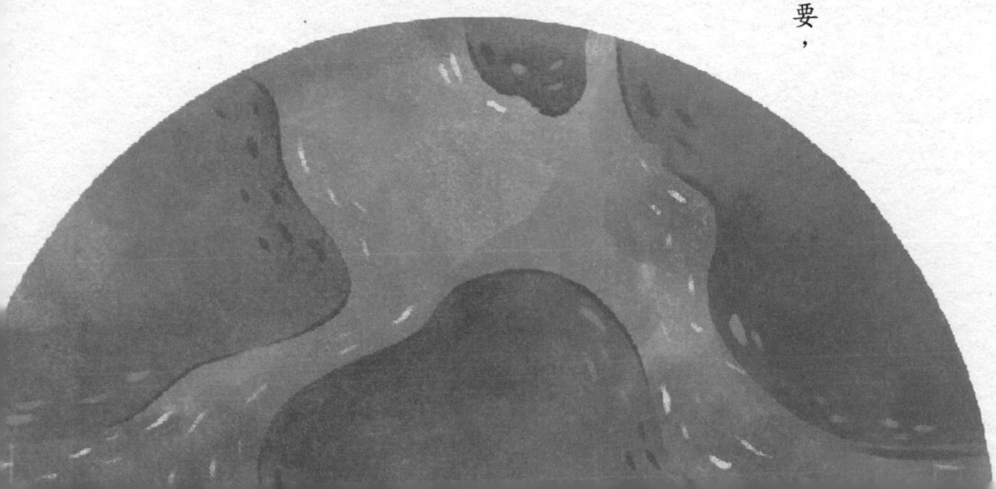

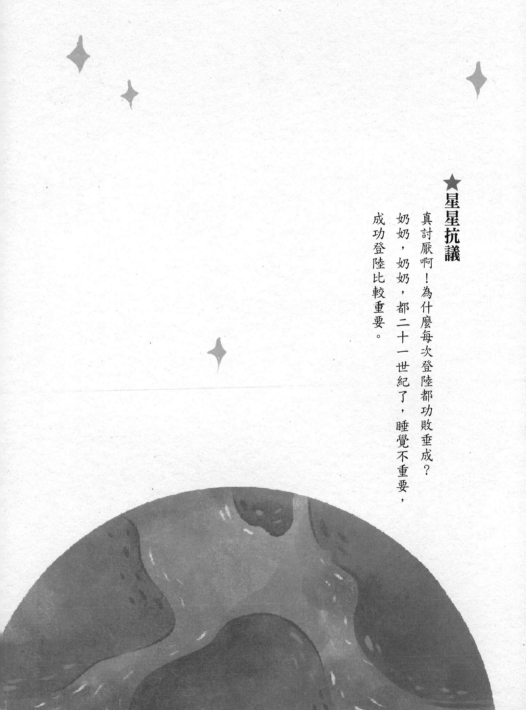

這麼巧

才剛蹲下來
手裡的彈珠還沒
彈
出
去
這麼巧
老師走過來了
剛拿起糖果
正準備甜甜放入

嘴巴裡
這麼巧
媽媽從門口進來了

電玩才打開
忿怒鳥正要咻咻咻
衝　過　去　↖

這麼巧
爸爸下班回來了

彈珠和糖果和忿怒鳥
我這麼喜歡你們
為什麼
不會先
打個pass呢

這麼巧
每次都被老師發現
每次都被媽媽撞見
每次都被爸爸看見

★星星生氣

有沒有發現，每次不想讓大人發現的事，他們都碰巧遇到？老天爺你是存心和我作對嗎？

我身體裡的妖（巴豆妖）

巴豆妖是
一隻非常老非常老的老妖
癱在肚子裡不想跑

巴豆妖是一隻
非常貪吃非常貪吃的老妖
貪吃到永遠吃不飽

巴豆妖的戰鼓
咕嚕咕嚕，咕嚕咕嚕，響個不停
小朋友一個一個
被他抓去偷吃漢堡

巴豆妖以為
可以一直住在肚子裡
菜來伸手
飯來張口
要包子有包子
要饅頭有饅頭

巴豆妖不知道
陽光裡
有些什麼東西在飛在跑
有些小孩寧願肚子餓扁扁
也不管
巴豆妖的死活
碰到這種人
巴豆妖只好
妖巴豆了

註：「巴豆妖」「妖巴豆」都是台語肚子餓之意。正確寫法應該以「腹肚么」為宜，這首詩為求笑果，以「巴豆妖」借用之。

★星星害怕

巴豆妖是地球上最大的妖怪，無論人類或飛禽走獸，都逃不過牠的手掌。

我身體裡的魔（心魔）

嘿嘿嘿
我想做什麼
你絕對想不到

躡手躡腳我最會
最喜歡
偷偷摸摸從你的心底升上來
引你斜眼笑，嘴角歪

我想親親女生的手
我想拉拉老師的裙子
我想摸摸校長的頭
我想要有一隻大鐵鎚
輕敲一下校長的頭
讓他不行不要不可說不出口
我想摺一隻精靈猴
攀到老師的心裡頭
偷看一下明天老師考什麼

我想變成大海浪
讓糗糗糗和羞羞羞不斷拍打
暈開女生的紅酒渦

我想我想
嘿嘿嘿
只是想啦
我還不夠大膽
只敢讓小小的念頭

悄悄爬上心頭

★星星小語

壞念頭蠢蠢欲動的時候，嘿嘿嘿，讀完這首詩，你會發覺，大家的想法差不多。

我身體裡的鬼（一群小鬼）

什麼，汽水？
不是啦
我是氣鬼不是汽水
不要動不動就想喝汽水
那會讓我更生氣

什麼，難過？

不是啦

我是懶惰，不是難過

再怎麼難過

我也不會放棄懶惰

什麼，癱屍？

不是啦

我是貪吃，不是癱屍

放心啦

再怎麼貪吃

我也不會變成癱屍

我們是一群小鬼啦
我是生氣鬼，他是小氣鬼
那一位躺平平的是懶惰鬼
再過去吃個不停的那一位
他是貪吃鬼

我們
誰也看不起誰
都很瘋狂，最愛撒野
都想住在你的身體裡
一輩子
吃喝拉睡

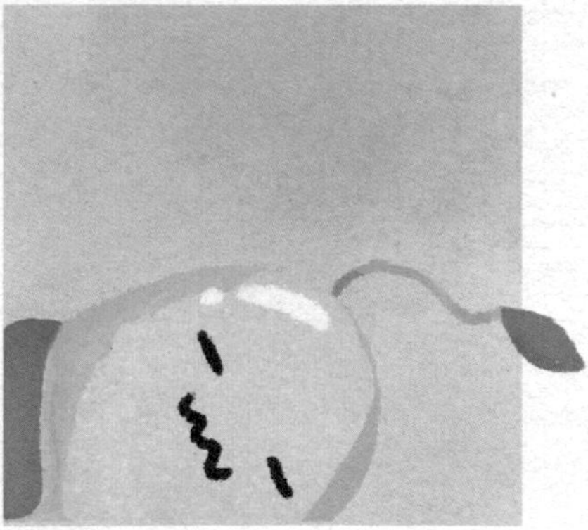

嗨，如果你不嫌棄
我們就住下來了
一直住一直住，直到天老地荒

★星星叮嚀

誰沒有黑暗面呢？不用怕！多多讀詩，
就可以把心中的小鬼統統趕出去。

我身體裡的怪（愛作怪）

我是「愛作怪」啦
哼，我就是愛作怪
不然
你要怎樣

男生貼個假睫毛沒什麼稀奇
女生留個龐克頭再正常不過
臉上塗黑黑

畫白白

舌頭拉長拉長再再再再再……拉長
這樣才叫「無常」
演戲就要像演戲

嘴邊黏上幾根假鬍鬚
努力學當一隻貓咪
肚臍上再裝個鈴鐺
叮叮噹噹，噹噹叮叮
在獅獒前擠眉弄眼
跑給他追
那才叫瘋狂

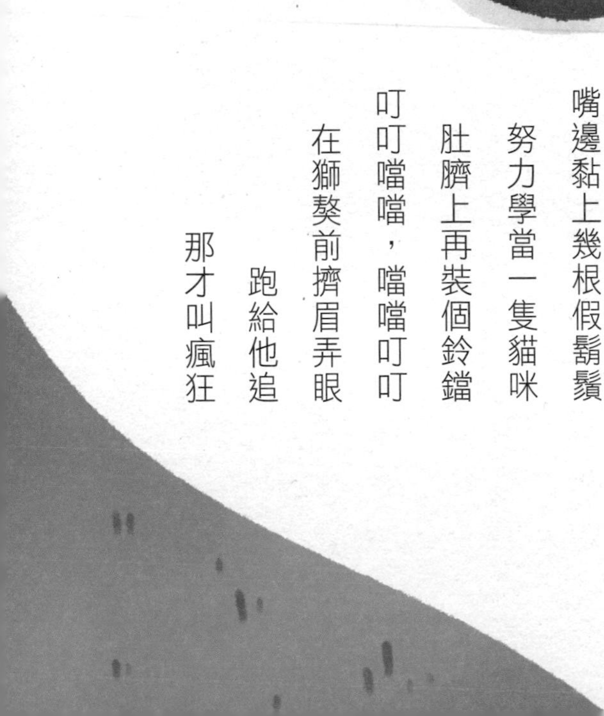

天天懶
不是啦，是天天天藍
愛作怪不能偷懶
點子要新鮮
念頭要快轉
我是「愛作怪」啦
哈！
我就是愛作怪
不然
你要怎樣

★星星外掛

瑞典作家阿思緹．林格倫（Astrid Lindgren）《長襪皮皮》的故事，展現出小女孩「不被世俗框架束縛，敢於與眾不同。」的勇氣，她唱搖籃曲給自己聽；她想烤餅乾，但是桌子太小了，索性把麵團放到地上揉；她要清理地板，把刷子綁在腳上，在滿是泡泡的地上開始溜冰……她的腦袋瓜，永遠有許多的奇怪念頭和奇妙想法，多好玩呀！

《長襪皮皮》說出一個事實，每一個小孩，心中其實都住著一位愛做怪的小精靈。

神祕的湖泊

那個時候
我聽得懂鳥語
鳥也懂我
那時我還沒長大
貓和狗都喜歡
和我說話
最棒的是
月亮和我捉迷藏
影子陪著我一起玩耍
高聲唱歌

月亮

長大後
影子死死
跟著我不說一句話
默默
看著我，頭都不抬一下
貓和狗還是喜歡我
可是可是
不是
「我們是一夥」
那種喜歡我
長大的我再也聽不懂

小鳥
說些什麼
唱些什麼

哎呀！真糟糕
我一定是掉了什麼寶貝
在童年
的
神
祕
湖
泊

★星星叮嚀

小朋友小心啊，長大後不要像作者一樣，把鳥語、花語；貓語、狗語；月亮語、影子語……通通掉在童年的湖底，那就損失慘重了。

2 影子不知道

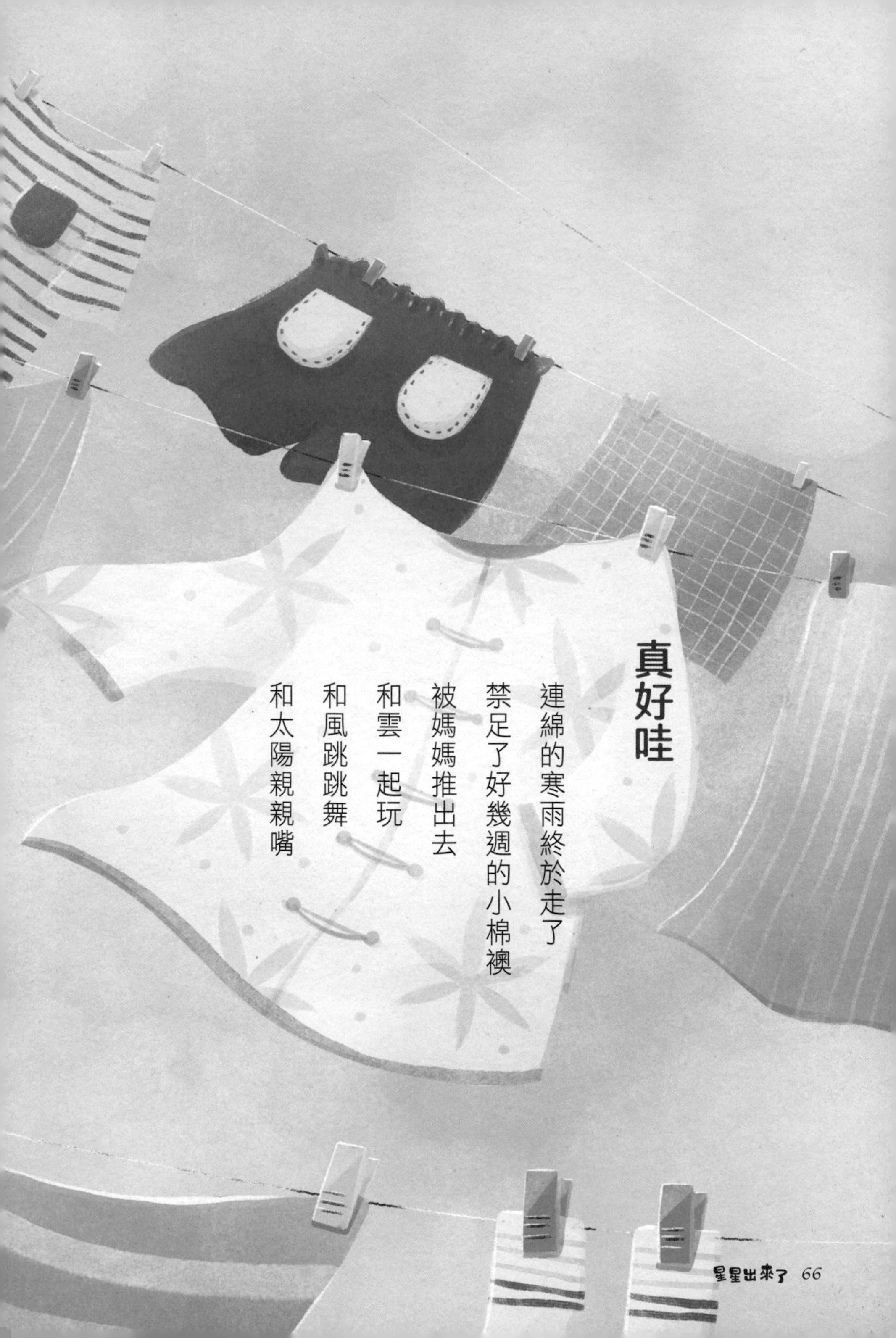

真好哇

連綿的寒雨終於走了
禁足了好幾週的小棉襖
被媽媽推出去
和雲一起玩
和風跳跳舞
和太陽親親嘴

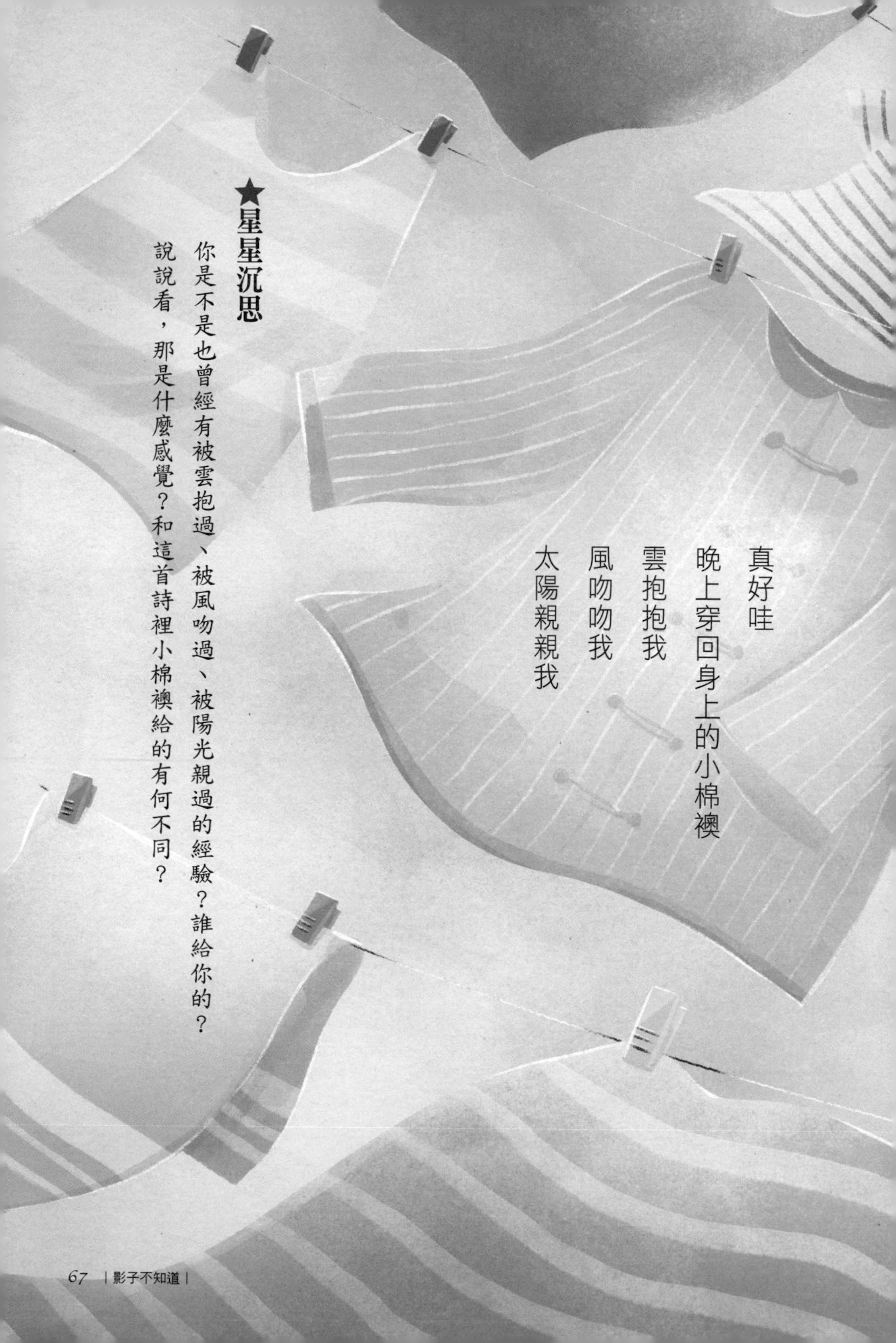

真好哇
晚上穿回身上的小棉襖
雲抱抱我
風吻吻我
太陽親親我

★星星沉思

你是不是也曾經有被雲抱過、被風吻過、被陽光親過的經驗？誰給你的？

說說看，那是什麼感覺？和這首詩裡小棉襖給的有何不同？

好冷

冷冰冰的椅子說
「我好冷！」
躺在衣櫃裡的襪子說
「我好冷！」
鋪在床上的棉被說
「我好冷！」

椅子希望我坐坐它
「這樣好多了。」

襪子希望我穿上它
「這樣好多了。」
棉被希望我蓋上它
「這樣好多了。」

原來
不是只有我會冷
椅子、襪子和棉被
它們也會冷
渴望著我
溫暖它們

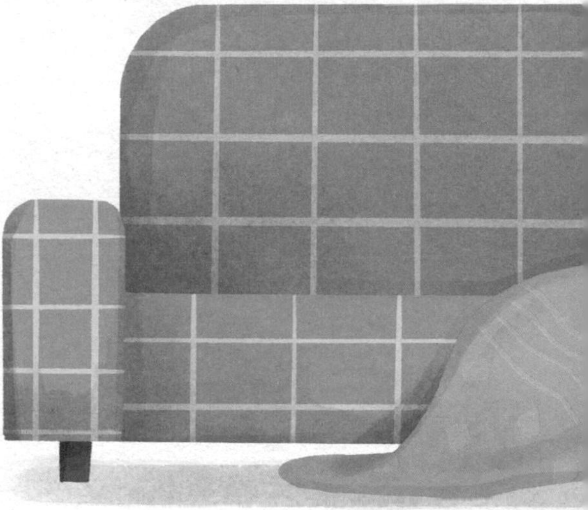

★星星告知

想被愛，得先去愛人；想和解，得先遞出橄欖枝。同理心就像回飛棒，拋出後都會迴轉反饋到自己的身上。

大和小

眼睛很小很小
即使瞇成一條線
還是裝得下
月亮和太陽

想像力更小更小
小到沒形體
卻可以膨脹膨脹
裝進銀河天

肚子說小不小
天天進菜
天天吃飯
永遠咕嚕咕嚕響

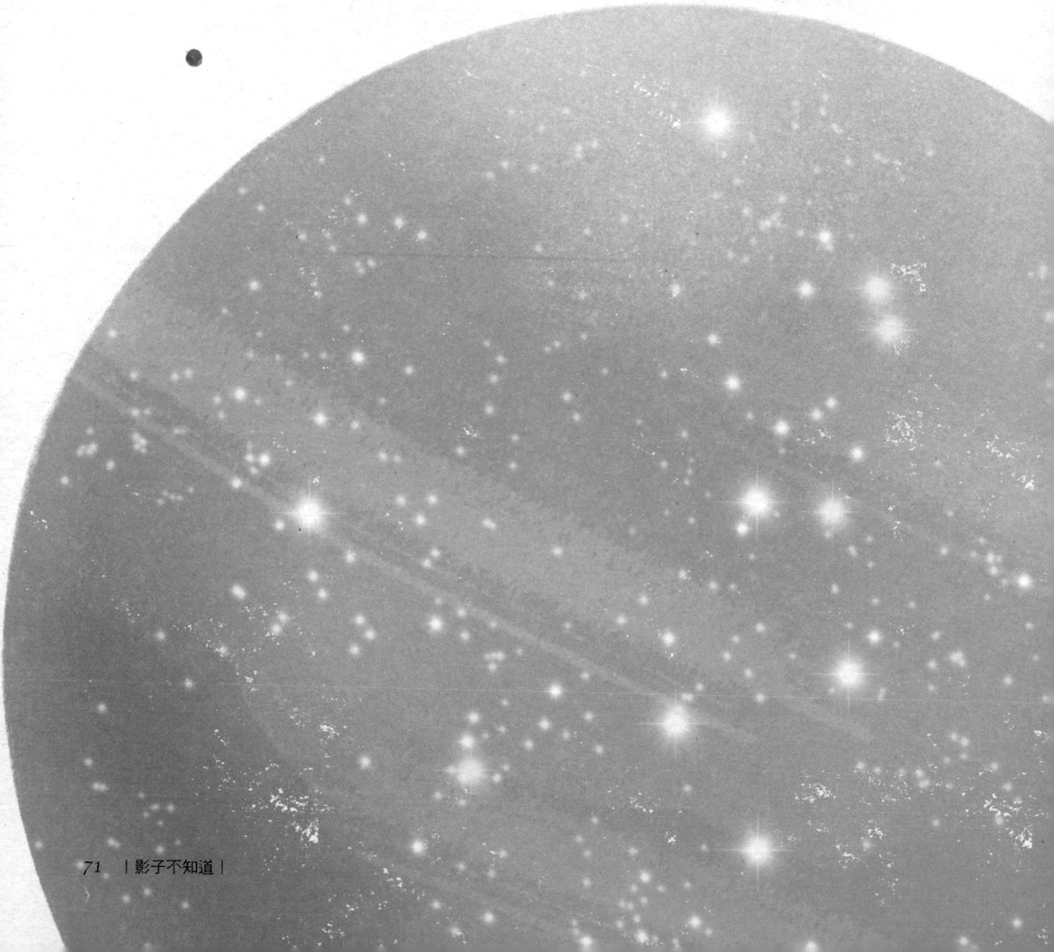

木星很大很大
紅斑可以裝下地球
和太陽比起來
只是個小不點

哎呀
到底是大
還是小
或者
大就是小
小就是大

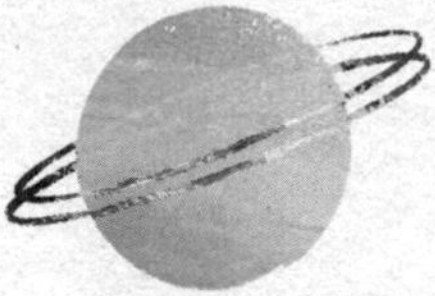

★星星求解

蟑螂很小，人類很大；細胞很小，地球很大；

原子核很小，太陽很大；光子很小，銀河很大；

腦袋瓜能夠納入宇宙，卻容不下蟑螂，為什麼？

美國時間

我喜歡
痴心聽樹上的鳥兒唱個不停
我喜歡
用力和長風比賽誰喊得大聲

我夢想
熱烈牽著月牙的小手
我夢想
和流星比賽誰跑得快

美國時間讓我能夠
做更多更多真正愛做的事
像是
安安心心看著根芽破土
輕輕鬆鬆咀嚼米粒的香

美國時間真好哇！

難怪
媽媽責備我美國時間太多時
羨慕的口水
一直噴一直噴

咦
為什麼是美國時間不是臺灣時間
讓我想一想
這需要一點點美國時間

★星星好奇

美國人罵他們的小孩時，會不會說「你是不是臺灣時間太多啊？」

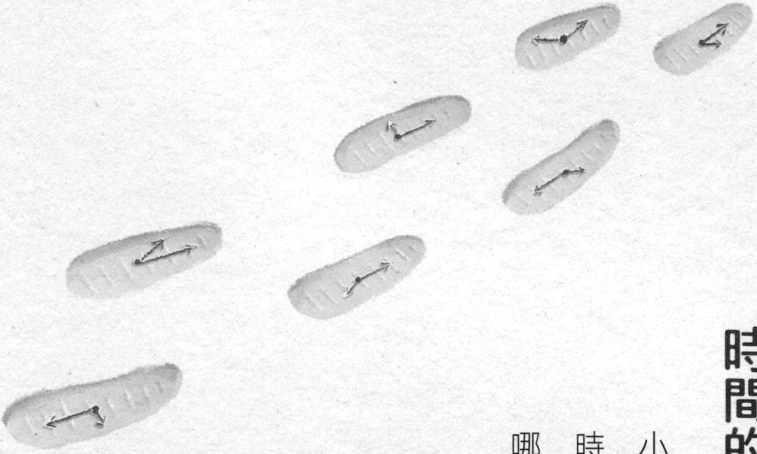

時間的腳步聲

小弟弟說
時間靜悄悄
哪來的腳步聲

小妹妹說
時間安安靜靜
哪聽得到腳步聲

花兒含苞
開花了，又謝了
媽媽說
那是時間的腳步聲

蟬聲鳴了，樹葉紅了
白雪皚皚下
爸爸說
那也是時間的腳步聲

爺爺奶奶說
時間走起路來轟隆隆
牙齒掉了很大聲
皮膚皺了很大聲
頭髮白了很大聲
耳朵聽不見了
最大聲

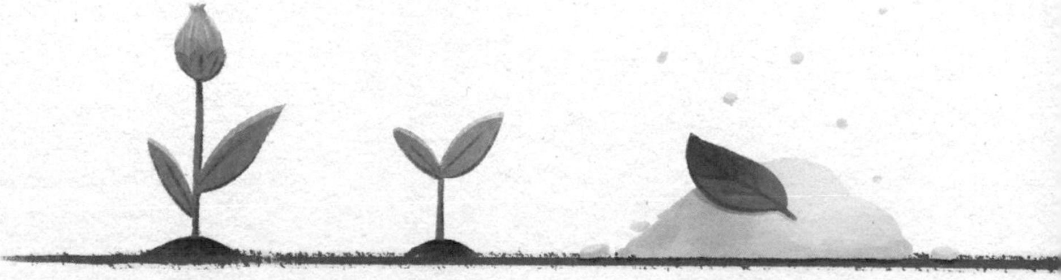

★星星問卷

時間有腳嗎？有誰看過？
是長長短短的時鐘腳？
還是滴滴答答的雨滴腳？
聰明的你，告訴我，
時間到底有沒有腳？
長什麼模樣？

影子不知道

出太陽的日子
影子跑出來了
我跳，它跟著跳
我跑，它跟著跑
我對白雲招招手，它學我招招手
我學蜻蜓
飛
飛
飛
它

學
我
飛
飛
飛

我大聲喊叫
咦?怎麼沒聽到它也喊叫
我高聲唱歌
唉?怎麼沒聽到它也唱歌
影子跟著我
只會

假裝高興
假裝快樂

影子不知道
亮晶晶的心情
會在陽光下跳舞
會在陽光裡唱歌
影子不知道
我穿著彩色的衣裳
它卻穿著
黑黑的外套

★星星思考

讀完這首詩後，你有沒有發現，我們是西施，影子是東施？

聽不懂

一隻白蝶想飛出去
外面的陽光燦爛耀眼
透明玻璃擋住了牠

邊伸手邊説著安慰的話
小心翼翼
我想幫牠

牠聽不懂
無論我多麼努力都不接受
最後撞死在玻璃窗下

昨晚有一個外星人
要帶著我一起
到星空動物園去旅行

我不接受
星空動物園的綺麗故事
只是傳說吧

我也聽不懂
外星人在說什麼
嘰嘰咕咕、聒喇聒喇

★星星外星人

我喜歡寫外星人，深信宇宙中一定有其他的高級智慧生命存在。我也堅信，比人類高級的外星人，一定會善意對待人類，因為文明的發展，必須朝著善的方向才能永續。

石堤上的小斜樹

傾斜的堤面不是絆腳石
換個角度就能牢牢抓住
堅固的石礫也不是罩頂牆
努力終會穿破
一點點皮破流血
不算什麼

感謝太陽無私的照顧
感激雨水無悔的淋沐
每一天都寸步長高
每一刻都奮不顧身

公園裡好命的同伴
瓦盆中嬌美的同胞
嬌生慣養並不值得驕傲
有一天
阻擋的尖銳石塊和堅硬瓦礫

都會成為
迎向陽光的基石

曾經的譏笑和流言
都會化作青翠的枝椏
風起時
會唱出動人的歌曲

★星星鼓勵

人間所有的不公平，其實都是砥礪我們衝破難關的墊腳石，不要忘了，烏雲上面，陽光在招手呢。

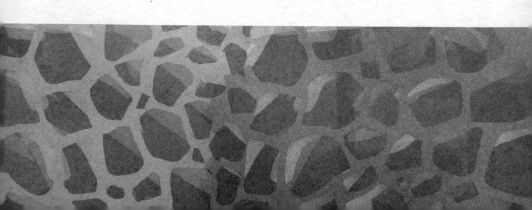

月亮錄音機

月亮是一部錄音機
不信？你聽
「床前明月光，疑是地上霜。」
這是李白的聲音

月亮真的是一部錄音機
還不信？你再聽聽
「明月松間照，清泉石上流。」
那是王維的聲音

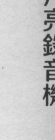

相信吧！
月亮是一部容量超大的錄音機
錄過秦觀的聲音，柔情
錄過白居易的聲音，傷心
錄下張繼的「月落烏啼霜滿天，江楓漁火對愁眠。」
錄下杜牧的「二十四橋明月夜，玉人何處教吹簫？」
嘿！你聽聽誰來了？
「滄海月明珠有淚，藍田日暖玉生煙。」
正是大名鼎鼎的李商隱呢！
你再聽聽
「海上生明月，天涯共此時。」
瞧！張九齡也留下了他的聲音

噓！安靜
聽聽月亮錄音機還錄了什麼聲音
蘇軾的水調歌頭響起來了
「明月幾時有？把酒問青天。」
哎呀，其實他根本不用問
老杜不是說：
「月是故鄉明」嗎？

哇！超級厲害的錄音機
高高掛在天上
偷偷錄下了
月亮詩人的聲音

★星星月亮詩

歷史上還有很多很多的月亮詩人，他們都寫了哪些雋永的月亮詩呢？偷偷告訴你，多得不得了——

「我寄愁心與明月，隨風直到夜郎西。」這是李白為月亮代言。

「水國蒹葭夜有霜，月寒山色共蒼蒼。」這是女詩人薛濤的〈送友人〉。

「秦時明月漢時關，萬里長征人未還。」王昌齡對征人的悲憫讓人長嘆。

「回樂峰前沙似雪，受降城外月如霜。」聽到李益的笛聲何人不流淚啊？

「星垂平野闊，月湧大江流。」正是大詩人杜甫淡淡一笑的〈旅夜書懷〉。

「春江潮水連海平，海上明月共潮生。」不正是〈春江花月夜〉嗎？

地球和月亮

妹妹喜歡我
我到哪裡
她就跟到哪裡

弟弟不一樣
他不喜歡跟著我
頂多繞著我

兩個人的喜歡不一樣
一個像月亮跟著我
一個像月亮繞著我

哈哈！
兩個不一樣的月亮
都把我
當地球

★星星幸福

很多小朋友應該都有這個經驗吧，跟屁蟲弟弟或跟屁蟲妹妹，你跑他也跑，你叫她也叫，趕都趕不走。

其實我們應該感到高興才對，弟弟或妹妹像夜晚天空中的明月，不離不棄的陪伴著我們，是多麼幸福的一件事啊。

3 落葉是貪睡的懶骨頭

春雨

春天啊
雨綿綿下著
爭先恐後滲入泥土
告訴大地
春天回來了

種子破芽
緩緩　撐開泥土
探探頭　聞聞香
嗯！
春天真的回來了

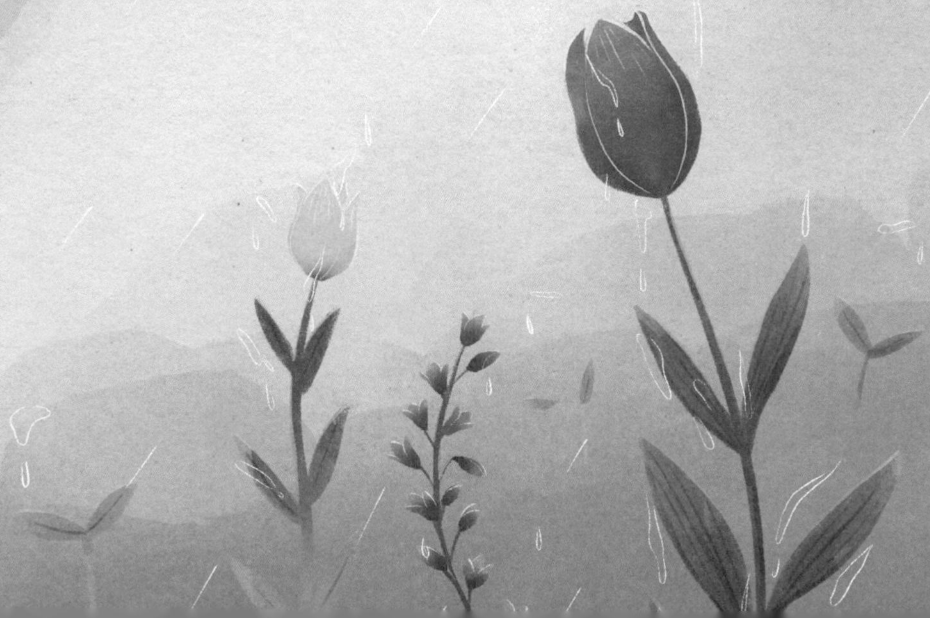

青翠的葉片繽紛
左右開弓伸出綠手
花苞全都快樂唱起了歌
枝椏茂密
豐盛了整片樹林
綿綿的春雨是一隻小喇叭
叭叭叭不停吹奏
冬天已過冰雪已溶
萬紫千紅
快來擁抱吧

★星星心情

這首詩是不是給你「盼望了很久，終於傳來好消息」的感覺？當你讀著讀著，是否也感受到萬物澎湃的生機和愉悅的心情？

天空的舞會

欖仁樹的舞會開始了
紅舞衣上下左右
飄飄飛，輕輕旋，盈盈轉
繽紛的紅色彩帶
對著我瘋狂招手，好像説
一起來跳舞，一起來跳舞

溪堤上的櫻花樹一排又一排
櫻花開得好燦爛啊
一陣風響，一陣雨急

白色雨紅色雨粉紅色雨繽繽紛紛
好美啊！點點櫻花雨飄落
溪水裡頭

秋天的紅葉說我也要跳舞
高高低低，低低高高
和屋瓦親親嘴
和小鳥牽牽手
紅葉跳的是華爾滋旋舞曲
美美前空翻，妙妙後空翻
轉昏頭

★星星感激

不同季節的風，每年都娉娉婷婷，風華絕代的邀請我跳舞。衷心感謝他們。

小草唱歌

小草
身軀小小
力氣也小小
風來時
彎腰
唱出歌謠

小草
立身黃澄澄土地

小草

藏身大片芒草原
大風來
站定腳跟用力又擺又搖
唱一首歌給黃泥泥聽
唱一首歌給葉綠綠聽
有時是
嗚嗚嗚的單音
有時是
呼呼呼的進行曲

小草小小
唱歌給天空聽給大地聽
小小小草
唱歌柔柔軟軟
空氣中有甜甜的味道

小草説
聲音小小
也可以很甘草
可以
晴朗天空
美味大地

可以把沉睡的人們
喚醒
舞蹈

★星星小草

我們每一個人都像小草，有些會長高成為大樹，有些就只是小草；不管是樹或草，都是獨一無二的，都是上天送給人間的禮物，千萬不要看不起小草，也不要輕視自己喔。

噓，小草唱歌了，你來聽一聽……

個子小小　長在牆角　雨來點點頭　風來笑彎腰
個子小小　力大如蛟　放下又舉起　巨人的大腳
個子小小　志氣高高　奔向大太陽　分分又秒秒

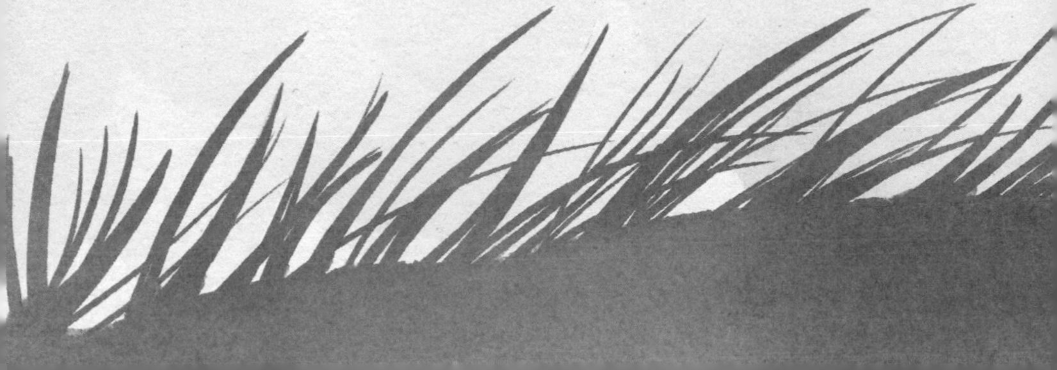

夏天來了

風在高興什麼
太陽沒亮就張開口唱歌

牽牛花在高興什麼
一早就吹響紫色的喇叭

蝴蝶在高興什麼
在花叢中飛來飛去快樂穿梭

小弟弟在高興什麼
一面吃飯
一面高聲亂唱

啊！
那空氣中好像有汗臭味
清晨中有微風吹拂
有小小明亮的光
在小弟弟的眼中閃現
　心中亮起

夏天來了嗎
太陽早早把整個天空
打扮得藍亮亮
　藍的
一發不可收拾

小弟弟
奔跑的腳躍起
汗臭
～在～
～空～
～中～
～飛～
～舞～
～在～
～空～
～中～
～飛～
～舞～

★星星夏奔

夏天是萬物勃發生長的季節，如果沒有夏天，春花就無法結成秋果；如果沒有夏天，樹木就無法長成森林；如果沒有了樹木森林，古人就無法發明紙張，就不會產生文明。最重要的是，如果夏天不見了，就沒有了森林，沒有了氧氣，動物都會死亡，地球會變成一顆死寂的星球。夏天臭臭的，也香香的，絕對不能沒有他。

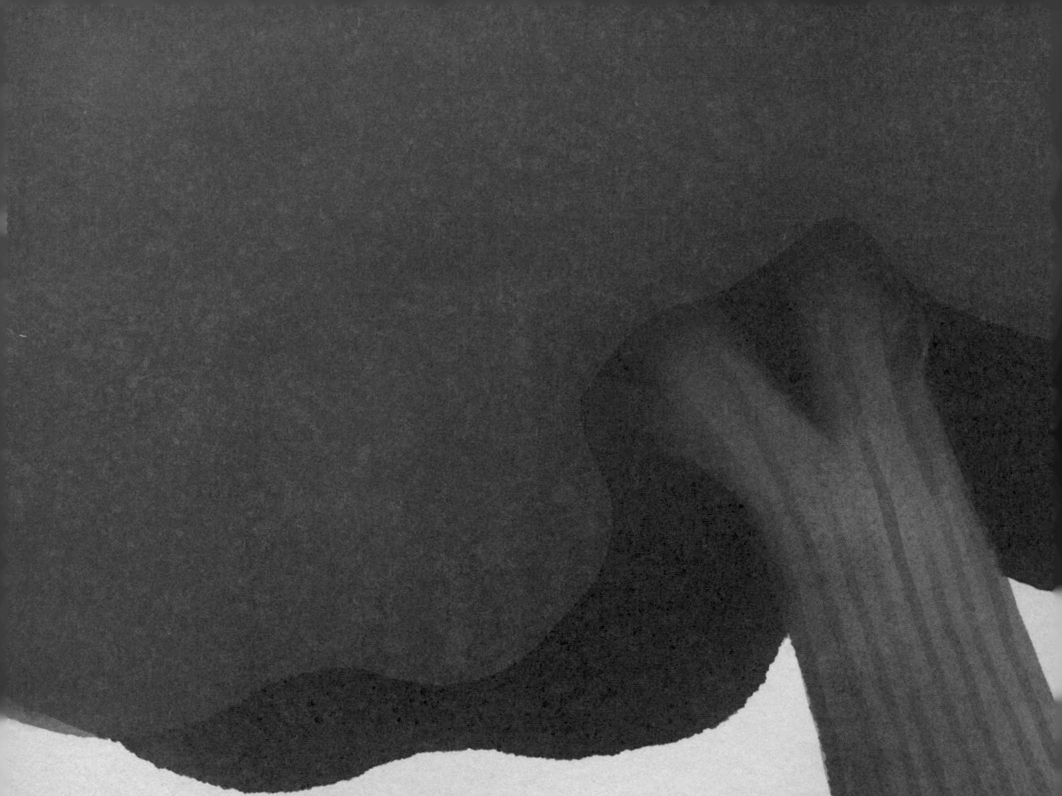

秋風說了什麼

秋風不知說了什麼
　　　　　　樹葉
一下子全漲紅了臉

從一棵樹到整排樹
從整排樹到整座山
參天的樹巨大的樹高高的樹
巨大的樹高高的樹參天的樹

高高的樹參天的樹巨大的樹
矮矮的樹森林
從這頭到那頭
從山腳到山頂
全臉紅了
飄來飄去的落葉
窸窸窣窣聽著故事

臉頰害羞
行動
躲躲藏藏
路過的螞蟻媽媽
東翻翻
西撿撿
著急的蜈蚣媽媽
南尋尋
北找找
媽媽們心想
能讓樹葉臉紅的故事

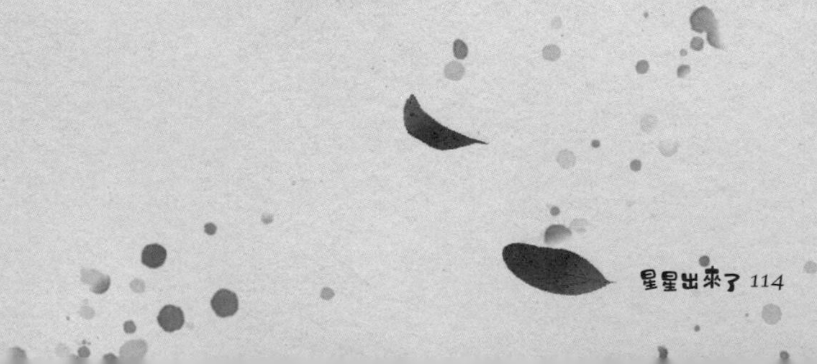

一定可以當做
孩子們的
好夢枕
舒眠床

★星星秋風

春天努力播種的，夏天奮力增長的，秋天必歡樂收割。

秋天是收成的季節，代表的是汗水的成果，秋天是公平和正義的代名詞。

秋天也是懷念的季節，「秋風吹不盡，總是玉關情」秋風化做思念，說的正是自然界最最深厚的感情。

秋風還說了什麼？奇幻故事還是偵探小說，恐怖故事或是夢幻童話，請你寫出來和大家分享。

落葉是貪睡的懶骨頭

山路上
躺滿紅紅黃黃的落葉
輕風一吹
他們就
半
蹲
起
來
了
有些

伸伸腳
有些
蹬蹬腿

緊接著哨音響起
衝啊！
落葉爭先恐後
往
前
飛
一溜煙
跑得無影無蹤

哇！哇！哇！
哇！哇！哇！
原來
他們都是百米選手啊

我還以為
躺平平的
落葉
這裡一堆
那裡一堆
都是

★星星哨音

準備參加百米賽跑的落葉選手，都在靜待那一聲哨音響起。
啊！到底什麼奇特的哨音？這麼厲害！

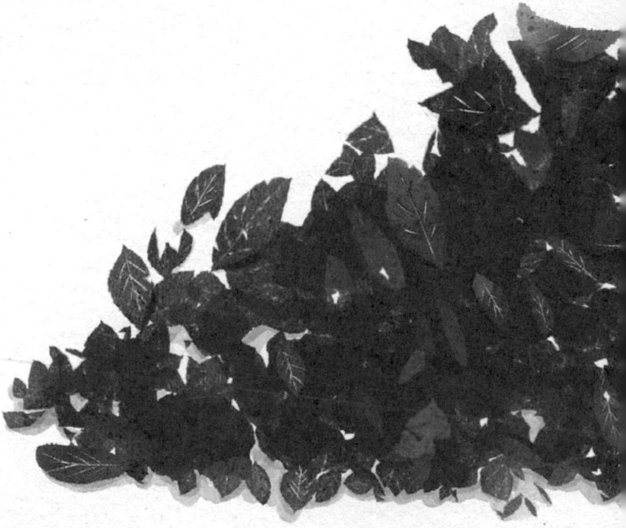

貪睡的懶骨頭呢

喇叭被收回去了

喇叭一把把
在溪水岸
在林泉邊
熱熱鬧鬧地吹
嘟嘟嘟　叭叭叭
一首首一曲曲
小魚兒，你聽到了嗎
小蝌蚪，你聽到了嗎

喇叭一朵朵
在原野裡
在河堤上
汗流浹背叭叭叭
遠到白雲間
響到溪水裡
小蝴蝶，你看到了嗎
小金龜，你看到了嗎

牽牛花開了
夏天來了

牽牛花謝了
夏天過去了
小蝌蚪長大了
變成大青蛙了
紫色的歌曲譜出了
紫色的圖畫完成了
紫色的喇叭
被秋神收回去保養了

★星星牽牛

牽牛花為何又牽牛又吹喇叭，你知道嗎？

牛兒一路哞哞哞，喇叭一路叭叭叭，牽牛花牽牛去結婚嗎？

跟誰結？花送誰？

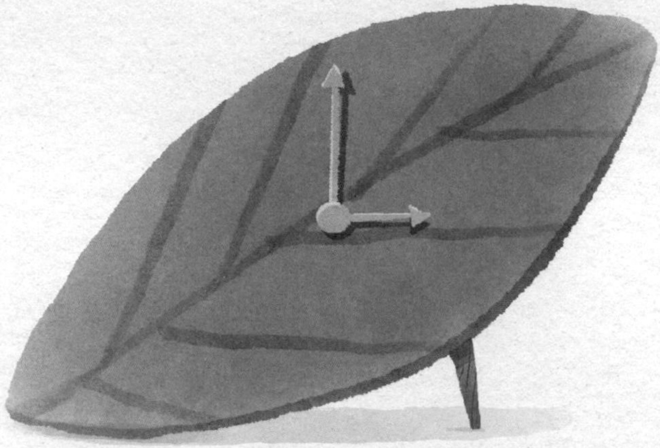

四季的鬧鐘

綠是春天的鬧鐘
點點生機
叫醒了沉睡的
萬紫和千紅

藍是夏天的鬧鐘
浮雲流動
叫醒了愛唱歌的
蛙鳴和蟬頌

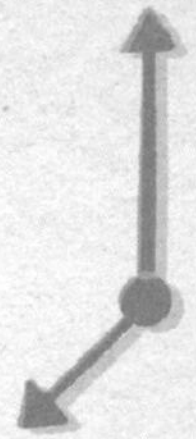

黃是秋天的鬧鐘
片片落葉
叫醒了森林裡
火一般的紅楓

白是冬天的鬧鐘
漫天飛雪
叫醒了千里萬里
銀色的冰封

★星星鬧鐘

春神來了怎麼知道？綠色的鬧鐘鬧醒你；夏神來了怎麼知道？藍色的鬧鐘吵醒你；秋神來了怎麼知道？黃色的鬧鐘鈴鈴響；冬神來了怎麼知道？白色的鬧鐘響不停。

四季的音樂會

沉睡得太久太久了，
春天的音樂會很震撼，
雷響鼓鳴、閃光亂射，
像拿著心臟電擊器的醫生，
要把大地都電醒。

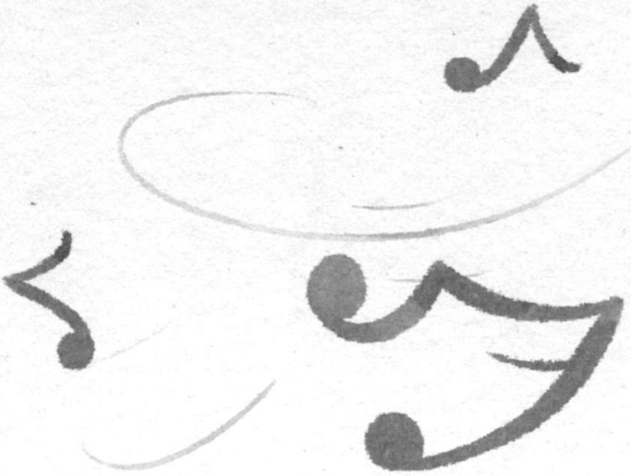

夏天説安安靜靜不叫音樂會，
天要狂吼、地要狂哮，
跳舞要像脱韁的野馬；
夏天的音樂會很瘋狂，
輕颱中颱超狂颱一颱接一颱。

秋天的音樂會最溫馨，
暖暖的和風徐徐吹奏，
穿著紅舞衣的小姑娘們，
一下子高高躍起、一下子低低旋落，
月光下跳出曼妙的舞姿。

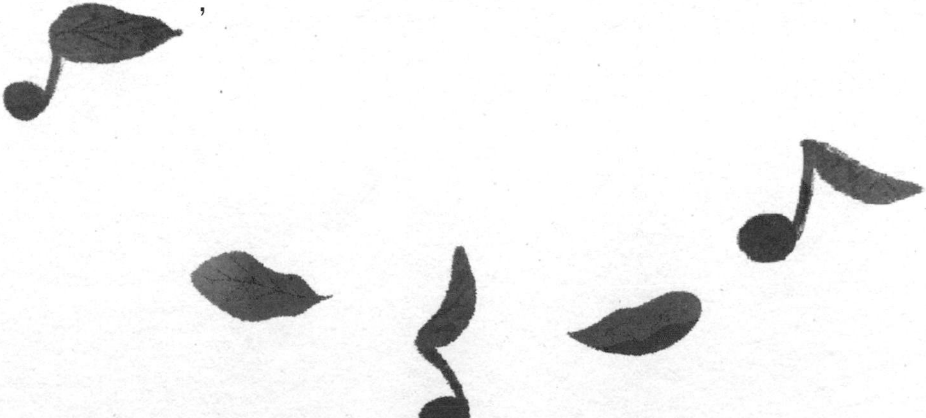

該我了！該我了！
冬天的音樂會白皚皚，
靜靜的彷佛沒有聲音；
冷不防一聲號角響起，
大地奏起了雪花迎新曲。

★星星旋律

你有發覺嗎？四季的音樂會旋律不同、輕、巧、快、慢、緩，各有獨特的韻味。

你最想參加哪一季的音樂會？為什麼？

最不想參加哪一季的音樂會？為什麼？

四季都是我喜歡的季節

喝最甘的蜜
嚐最甜的釀
在百花的容顏上飛舞停留
暢飲滿滿的鮮純
春天，是蝴蝶最喜歡的季節
大地被裝填成一杯杯甘露的美酒

用盡生命的力量
把音符唱出來

森林迴蕩著他們的歌聲
短暫的休止符後緊接著一聲聲長鳴
夏天，是蟬兒最喜歡的季節
用十數年的焠煉點燃生命的熱火

練了好久好久
不管是前滾翻或後空翻
還是最難的五轉跳
終於等到了時機成熟
秋天，是葉子最喜歡的季節
踏著風的旋律盡情的翻滾

嘗試了又嘗試
試驗五角形的美麗
展現六角形的漂亮
賣勁演出的熱情解凍了寒冷
冬天，是雪花最喜歡的季節
美美從天空中旋落下來

翩翩的蝴蝶
吟唱的蟬兒
跳舞的樹葉
皚皚的雪花
四季，都是我喜歡的季節
在光影聲色中感悟生命的喜悅

★星星四季

春天時，「萬紫千紅總是春」；夏天時，「蛙聲作管弦」；秋天來時，「霜葉紅於二月花」；冬天至時，「夜深知雪重，時聞折竹聲。」春有百花秋有月，夏有涼風冬有雪，四時有四時的可愛和可嘆，一點不假。有關四季的詩歌太多太多了，四季的輪替，讓人間滿溢豐富的想像和動人的情感。

我喜歡四季各自不同的樣貌，你呢？

4 星星跑出來了

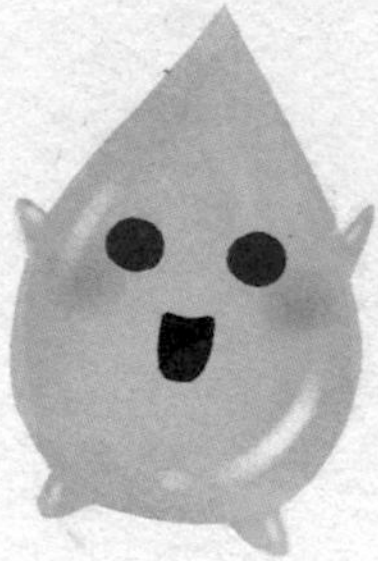

小雨滴

世界上誰最勇敢

小！

雨！！

滴！！！

從那麼高的天空

一躍而下

一點都不遲疑

為了
給熱昏頭的大地
醒醒腦

★星星醒醒

來淋雨吧！妹妹的兩條辮子，像兩尾日光燈魚，在雨中游來游去；弟弟的髒屁股，好像滑溜的泥鰍，在水窪裡溜來溜去。

太陽今晚睡哪裡

太陽醒了
從大海床爬起來
從高山床爬起來
從叢林床爬起來
從沙漠床爬起來

工作了一天
太陽要休息了

沙漠床星光軟
叢林床蟲聲軟
高山床枕頭軟
大海床海綿軟
到底，還哪張床睡好呢

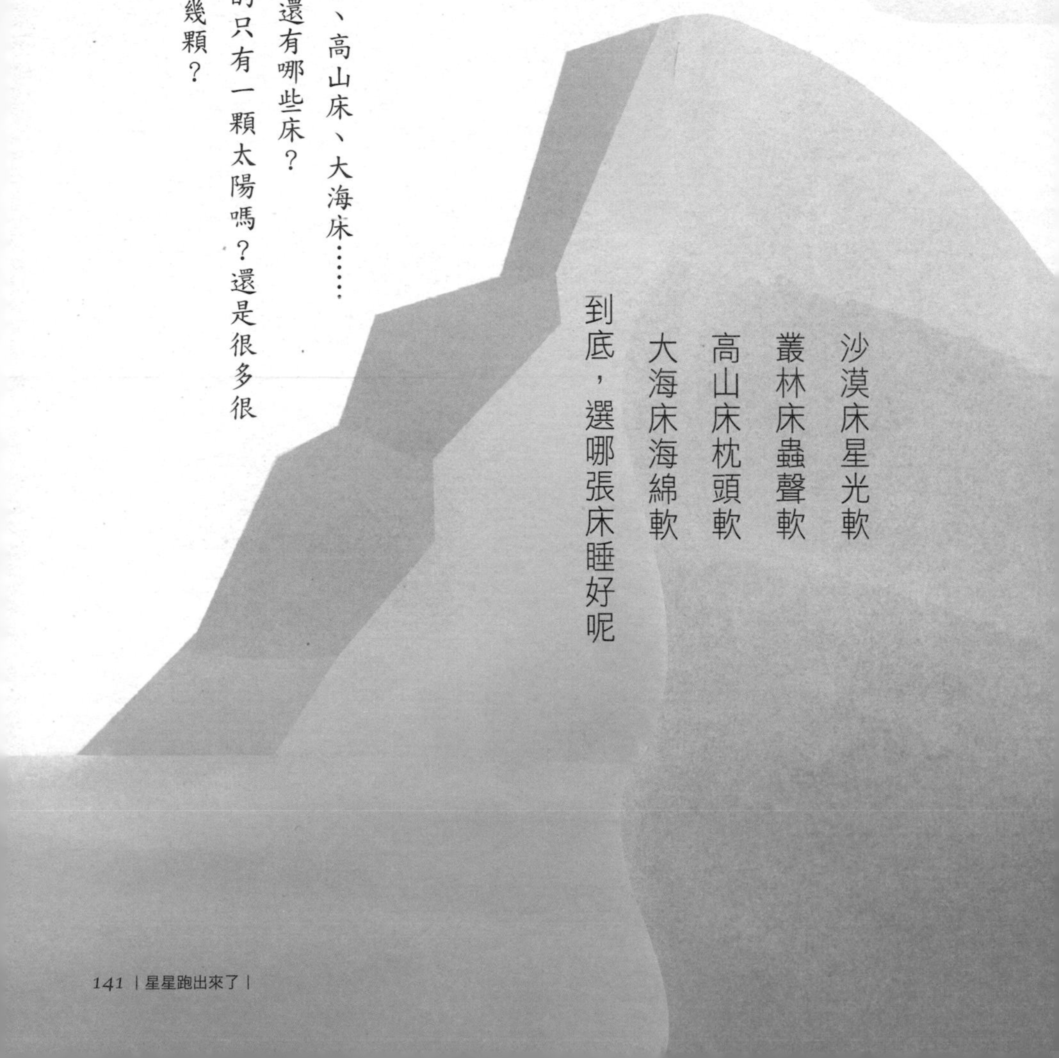

★星星困惱

沙漠床、叢林床、高山床、大海床……

請想想看，太陽還有哪些床？

對了，世上真的只有一顆太陽嗎？還是很多很多？那，到底有幾顆？

風穿過

風穿過雲層
風穿過竹林
風穿過池塘
風穿過窗簾

被搔癢的雲層笑得四處奔跑
被搔癢的竹林笑得東倒西歪
被搔癢的池塘笑得波光幻影
被搔癢的窗簾笑得衣衫不整

風穿過我的髮梢
一叢頭髮跳起來
左閃右躲
它們
也怕癢

★星星搔癢

萬物都怕癢，風動不動就大聲嚷嚷：「我來幫你抓癢。我來幫你抓癢。」問題是，風不僅搔不到舊癢，還常常弄出新癢，害大家坐也不是、站也不是；這裡也癢、那裡也癢，在麻癢難耐中東躲西藏。

風的家

誰説風兒沒有家
誰説風兒只能到處流浪

風的家好多好多啊
風的家在樹葉裡　一間又一間
風的家在草坪裡　一間又一間
風的家在波浪裡　一間又一間
風的家在原野裡　一間又一間
風的家在漣漪裡　一間又一間

那叮叮叮的
那噹噹噹的
那咻咻咻的
那呼呼呼的
那啪啪啪的
聽
風在清點著她的房間

★星星房

楊喚哥哥說：「可憐的風沒有家，跑東跑西也找不到一個地方休息。」

哎呀！他說錯了，大錯特錯，風的家何止千千萬萬，全世界都有風的家。

風，動一動

樹
葉動一
動
就抓住風了
漣
漪
動一
動
就抓住風了

窗簾窗簾
窗簾窗簾
動
一
動
就抓住風了
抓得住也抓不住
抓不到也抓得到
樹葉翻一翻
聲音響了

漣漪吹一吹
湖面皺了
窗簾掀一掀
目光轉了
風
有口也沒有口
有手也沒有手
風
靜靜走過
步伐
比貓還輕

★星星翻翻

這首詩說，風有嘴也沒有嘴，有手也沒有手，什麼意思？
作者還說，風有腳也沒有腳，有身體也沒有身體，你看出來了嗎？

珠珠設計師

露珠是一位珠寶設計師
鑲葉鑲草
把自己鑲在玫瑰花上
陶醉地說
「滿意嗎？一顆顆亮晶晶的玫瑰鑽石」
雨珠是一名裝飾設計師
掛東掛西
把自己掛在蜘蛛網上

驕傲地說
「羨慕吧？一條條銀光閃閃的絲項鍊」

水珠是一個景觀設計師
置南置北
把自己置在青青草原上
張開手說
「瞧見沒？一群群神出鬼沒的水星星」

珠珠們超級有想法
比比看誰最有創意

可惜啊

夜暗得伸手不見五指

月亮張著大眼睛說：「在哪裡？在哪裡？」

星星張著中眼睛說：「在哪裡？在哪裡？」

螢火蟲張著小眼睛說：「在哪裡？在哪裡？」

太陽公公說

不用煩惱啦！

看我的一萬兆一億兆鎂光燈

把她們

全部打亮

★星星設計師

什麼時候的露珠最亮眼？裝在哪兒的雨珠最漂亮？

大大小小的水珠，可以變出什麼奇幻設計？

愛跳舞的樹葉

我是在跳舞
真的
我跳的是迴旋舞

轉個圈再轉個圈再轉再轉再轉
一圈兩圈三圈四圈五圈六圈七圈八圈……
看！舞步輕盈的華爾茲

風姑娘注意啊
請用力伴奏
讓我旋上高高青天
最好能
遇到白玉兔

來啊！來啊！
風姑娘請加快節奏
先來一個
美美前滾翻
再來一個　妙妙後空翻

ㄚ！ㄚ！
大樹別擋路
哎！哎！
屋頂別擋路
啊！啊！
風姑娘別鬆口

妙啊！就是這樣
一個三轉跳
緊接著一個前空翻
在風的指揮中
急速又漂亮地靜止

★星星觀舞

落葉愛跳舞
一圈兩圈三圈四圈五圈……
點起又落下
跳的是迴旋舞
落葉跳舞很美妙
轉個圈再轉個圈再轉再轉再轉……
落下又點起
翩翩的華爾滋

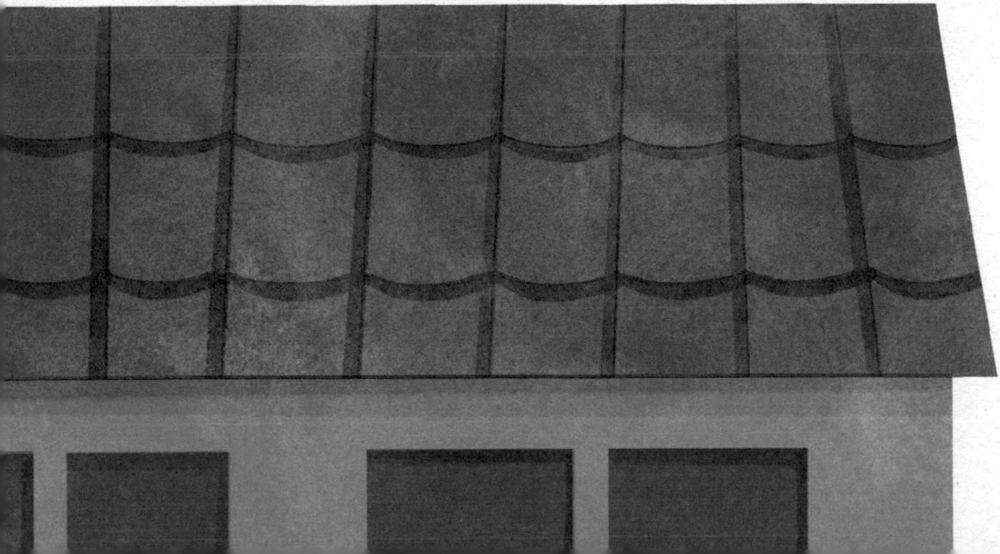

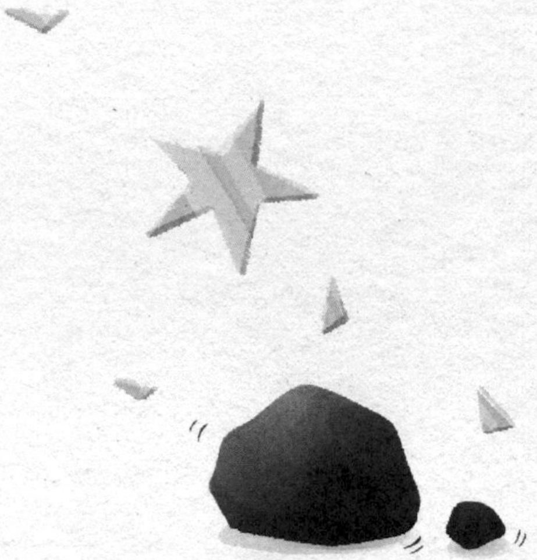

星星跑出來了

石子輕輕踢
邊走邊玩邊
耍
一
路
彈
跳
回
家

石子重重踢
滾近滾遠滾落
開心唱歌回家

石子有時低聲唱
匡啷，匡啷，匡匡啷啷
石子有時高聲唱
踢踢，踏踏，踢踢踏踏

月牙隱隱，快到家了
看我，腳抬高高
狠狠，用力一踢

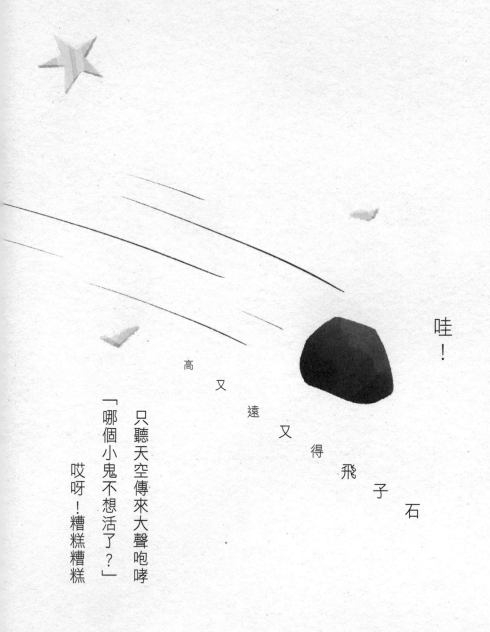

哇！

石子飛得又遠又高

只聽天空傳來大聲咆哮

「哪個小鬼不想活了？」

哎呀！糟糕糟糕

天窗破了一
個大洞

都跑出來了

★星星開天窗

有誰見過地球的天窗呢？真有嗎？

陽光照耀的白晝，雲彩是地球的天空，雲朵消失的晚上，星光點點閃爍，亮在廣大無邊的黑夜裡，哇！宇宙全跑出來了。

真的有天窗耶！白天關著，晚上打開，一扇隱形的、超級大的天窗。

尾曲

送一首詩給……

送一首詩給今晚的月亮
感謝她再度趕走黑暗

送一首詩給剛升起的星星
謝謝她們如常燦爛天空

送一首詩給每天最後一秒
像安眠曲又像童話

送一首詩給明晨
昂揚一聲號角響

送一首詩給太陽
　千萬年由東向西飛過山崗
送一首詩給新鮮有味的空氣
　給風雨中的花兒和彩虹
送一首詩給指揮交通的警察叔叔
　給汗流一身、臉敷塵土
送一首詩給善心人士
　給孤苦和無依、傷心和痛苦

一首詩送給無常
給自自然然和悲歡離合
一首詩送給努力讀詩的小朋友
張大眼睛，用心品嚐
最後一首詩送給自己
努力活出人生的況味兒

【推薦】林煥彰（知名童詩作家）

有詩真好——讀童詩作家山鷹童詩集《星星出來了》

一、沒什麼不可以，什麼都可以；讀詩不讀詩，都可以；寫詩不寫詩，也都可以。詩，她永遠是存在的。

二、詩是存在的，是永遠的存在；存在於宇宙大自然之中，也存在於我們人類心靈和日常生活裡；有純淨的心靈的心，她就存在。

詩是淨化心靈的，我們用文字抒寫，她就成為文學藝術的一種文類，你愛怎麼寫都可以；沒什麼不可以，最怕的是這首這樣寫，那首也是這樣寫，每一首看起來都差不多、沒什麼不一樣，就不好玩了！

我喜歡讀詩，也喜歡寫詩，我借她作自我淨心修身的內在功課，日日讀，日日寫，不斷的省思、淬煉；

詩是屬於懂得觀察、懂得感受、懂得發現、懂得探索的人的一種文學藝術的必修課，甚至也是一種修身養性，也可能是一種空靈虛無的禪學的探索，要有耐性與耐心去想她悟她；

我喜歡並且主張「玩文字，玩心情，玩創意」……要的是不斷創新；不重複別人，也不重複自己。

三、詩養我們什麼？我們為什麼要讀詩？為什麼要寫詩？

詩養我們美善的心；

詩養我們美真的心；

詩養我們美美的心；這世界缺少這些基本的人性的真善美；我們需要真、善、美……

四、《星星出來了》是童詩作家山鷹的第四本童詩集，他原本是理工的專業，他的童詩作品，自然也有他專業的科學知識和不同的視角，自然的，他也會有不同的發現和表現；詩就是要有不同的發現和不同的表現。《星星出來了》，還有什麼沒有出來？我們努力的讀詩，我們努力的寫詩，我們要讓詩心美美的一起出來，夜夜都出來……

【推薦】謝武彰（知名童詩作家）

織錦

一幅織錦，斑斕奪目。此中必有各色絲線為經緯，和匠人的巧思及手藝，成品才能引人驚豔。

匠人各自現出手藝，織錦的領域才會益加斑斕、益加奪目。

作者寫作和匠人織錦，看似異曲，其實同工。

因為，作者精心經營文字，文學領域才會益加斑斕、益加奪目。

這道理十分直白，做起來卻頗不容易。如今，山鷹先生明知山有虎偏向虎山行，他是犯傻了嗎？當然不是，不入虎穴焉得虎子是也。

山鷹先生本是衛星工程師，一向擅長「打高空」，但卻又鑾接地氣，優遊於天地之間，當是怡然自得。他啟動大腦中的獨門程式，神祕的驅動他跨行寫詩。大量作品以5G速度，從大腦下載到電腦，擇優而結為詩集。

由於山鷹先生素有科學訓練，自然比別人多了一把刷子。因此，使作品在題材上更加寬廣、在想像上更加奔放、在布局上更具巧思、在造句上更加活潑，使作品別開生面、一新耳目。詩集中的〈寵物〉、〈好冷〉、〈地球和月亮〉、〈風穿過〉、〈小雨滴〉、〈珠珠設計師〉等作品，是慧眼獨具的作品。尤其是〈小雨滴〉中，以「！」來象徵雨滴落下、結為水珠，使一個陳舊的符號，有了視覺新意。

曹孟德在〈步出夏門行〉詩中說：「老驥伏櫪，志在千里」。我們命如螻蟻且年過耳順，還能初心不變，鼓足餘勇，壯行著書，值得浮一大白。

匠人用絲線織錦，綻放自己；作者用文字織錦，綻放自己。

只要是佳作，就會在時光中，發出微光。

國家圖書館出版品預行編目資料

星星出來了／山鷹文；Yvonne Wu圖. -- 初版. -
臺北市：幼獅, 2020.06
面；　公分. -- (詩歌館；4)

ISBN 978-986-449-193-3(平裝)

863.598　　　109005278

・詩歌館004・

星星出來了

作　　者＝山鷹
繪　　圖＝Yvonne Wu
出 版 者＝幼獅文化事業股份有限公司
發 行 人＝李鍾桂
總 經 理＝王華金
總 編 輯＝林碧琪
主　　編＝韓桂蘭
編　　輯＝黃淨閔
美術編輯＝游巧鈴
總 公 司＝10045臺北市重慶南路1段66-1號3樓
電　　話＝(02)2311-2832
傳　　真＝(02)2311-5368
郵政劃撥＝00033368

印　刷＝錦龍印刷實業股份有限公司
定　價＝300元
港　幣＝100元
初　版＝2020.06
書　號＝983049

幼獅樂讀網
http://www.youth.com.tw
e-mail：customer@youth.com.tw
幼獅購物網
http://shopping.youth.com.tw

行政院新聞局核准登記證局版臺業字第0143號